FRÜHE GEDICHTE
VON
ALMA ROGGE

Frühe Gedichte
von
Alma Rogge

Zeichnungen
von
Ulrike Mevissen-Schubert

VERLAG H. M. HAUSCHILD GMBH · BREMEN

Gesamtherstellung:
H. M. Hauschild GmbH, Bremen

ISBN: 3-926598-10-7

Die bisher nicht veröffentlichten Gedichte
sind der Freundin Alma Rogges,
Hanna Wisser-Thimig, zu verdanken.

Stille

Stille rings, nur Lerchenzwitschern
Füllt die Luft mit Jubelklang,
Und die Sonnenstrahlen zittern
Über Baum und Strauch entlang.

Vor mir breiten sich die Wiesen
Schon in neuersproßtem Grün,
Und das satte Blau des Himmels
Wölbt sich mächtig drüber hin.

Stille rings, nur Kiebitzrufe
Tönen lockend an mein Ohr,
Und aus feuchtem Wiesengrunde
Steigt's wie Frühlingshauch empor.

Und wie über jene Felder
Warmes Sonnenleuchten fliegt,
So auch jetzt in meinem Herzen
Stilles Glücksempfinden liegt.

Geborgen

Ich schließe meine Augen
und bin bei dir.
Des Lebens bunte Fülle
versinkt vor mir,
und Nähe nicht und Ferne
laß ich mehr ein,
selig in dir geborgen
ruht all mein Sein.
Das Suchen und das Fragen
ist tief gestillt,
mein Herz in süßer Andacht
umschließt dein Bild.

Sonniger Märzentag

Grüßest mit Himmelsblau,
Wehest so warm und lau,
Hebest der Veilchen Haupt,
Eh' es noch jemand glaubt,
Küssest die Knospen wach,
Sonniger Märzentag.

Jubelnder Vogellaut
Locket so lieb und traut,
S' ist als ob überall
Schwinget ein Widerhall
Jauchzender Herzen Schlag:
Sonniger Märzentag!

Veilchen

Heut blühen die Veilchen auf!
Ich sah schon die Knospen, die zarten,
Und konnt' es kaum länger erwarten,
Und heute, heut' blühen sie auf.

So warm auch der Sonne Strahl,
Es liegt in der lauen Luft
Süßahnend wie Veilchenduft,
Man wähnt ihn schon überall.

Schon wiegen sich Kätzchen am Strauch,
Den fröhlichen Willkomm zu winken,
Heut sehen in sel'gem Versinken
Sich Sonne und Veilchen ins Aug'.

Ein Lösen den Kelch hinauf.
Ein Weilchen nur noch, ein Weilchen,
Dann blühen die lieben Veilchen.
Ja heute, heut' blühen sie auf!

Abends

De Abend is so still un sacht,
Un ik gah ganz alleen dör't Feld,
De littjen Steerns kiekt in de Nacht
As harr de Mand, de smunsternd lacht,
Er eben ganz wat Mojs vertellt.

De Dag weer lut un heel vergnögt,
Man hier ward allens still in mi,
Un wat sik nu in'n Harten rögt,
Dat will bit an de Steerns to högt
Un singt von di – un immer blot von di.

Frühling

Mich hat der Frühling geküßt.
Mit duftendem Überschwall
Und sieghaft sonnigen Augen
Begann er den Überfall.

Das zitternde Frühlingsahnen
Heimlich wartender Zeit
Riß er mit seinem Umfangen
In traumhafte Wirklichkeit.

Das scheu aufknospende Sehnen
Hat er mir wachgeküßt,
Daß all mein Lied erblühen,
Nun ihm zu eigen ist.

Mai

Was webet der wonnige Maien
Für duftende Pracht
Und öffnet viel tausend der Kelche
Vom Morgen zur Nacht!

Er schmeichelt die Knospen sich auf
In küssendem Kosen,
Schon drängt sich ihm zitternd entgegen
Die erste der Rosen.

Vom Apfelbaum rieselt ganz sachte
Der Blütenschnee nieder,
Vergißmeinnicht lächeln vertraulich
Und blaßblauer Flieder.

Das Maiglöckchen buhlt um den Frühling,
Verwirrt ihm die Sinne
Und haucht mit betäubendem Atem
Ihm lieblichste Minne.

Tiefrot Rhododendron erglüht,
Und jungfräulich regen
Sich duftende Halme und zittern
Der Reife entgegen.

Doch fassungslos staun ich des Schönen,
So fremd grüßt es mich:
Es grüßt und es blüht und es duftet,
Und nichts ist für dich.

Mein Garten

Nie ist mein Garten schöner
Als wenn er neu ersprießt
Und überall am Wege
Ein kleines Veilchen grüßt.

Nie ist mein Garten schöner
Als wenn in Blüte steht
Der lilablaue Flieder
Und alles duftdurchweht.

Nie ist mein Garten schöner
Als wenn die Rosen blühn
Und schwellend weiß und purpurn
Von allen Beeten glühn.

Nie ist mein Garten schöner
Als wenn erst, buntberockt,
Der Herbst mit reifen Früchten
Von allen Zweigen lockt.

Komm, du, in meinen Garten,
Wie zögernd du nur bist,
Ich will dich drin erwarten,
Wenn er am schönsten ist.

Sommer

Verduftet ist der Flieder
Im warmen Frühlingswind,
Der Apfelbaum streut Blüten
Wie ein mutwillig Kind.

Es öffnen sich die Kelche
Der frühen Rosen weit,
Und tausend Blüten harren
Schon wieder ihrer Zeit.

Es blüht vor meinem Fenster
Der weiße Holunderbaum
Und duftet in meine Nächte
Den sehnsuchtsschweren Traum.

Doch wenn erst in süßem Verströmen
Die Linden in Blüte stehn,
Werd' ich mit jubelndem Herzen
Die Liebste wiedersehn.

Nacht

Der Nacht entschlummert ist alles Leben
Und traumtiefer Friede umher,
Die mondverschleiernden Nebel heben
Vom feuchten Boden sich schwer.

Und über den weiten, nachtstillen Gründen
Nur klagende Kiebitze schrein,
Als könnten sie keine Ruhe finden
Und nirgend geborgen sein.

Abschied

Es waren Sonnentage
Von schattenlosem Licht,
Und einer Wehmut Klage
Stör die Erinnerung nicht.

Von höchster Schönheit trunken
In tiefstes Glück getaucht,
Das kleine Schloß versunken,
Von Sonne überhaucht. –

Das ist der goldne Rahmen,
Der jenes Bild umspannt,
Der mir mit deinem Namen
Tief in das Herz gebrannt.

Und nun? – Ihr schönen Räume,
Du kleiner lieber Ort,
Die allerschönsten Träume
Nehm ich von euch mit fort.

Du bist in mir

Du bist in mir wie heißes Fieber,
Das sich in meine Pulse gräbt,
Wie Meeresleuchten, das herüber
Aus blaudurchstrahlten Tiefen bebt.

Du bist in mir wie ein Erwachen,
Das seine Träumeraugen hebt,
An dessen Wimper noch ein Lachen
Und eine schwere Träne klebt.

Du bist in mir, was sich verwirrend
In alle scheuen Zweifel webt,
Sich noch in jedes Tun verirrend —

Du bist in mir. Das Zielverlangen,
Das quälend ins Erleben strebt,
Ist tief in mir zur Ruh gegangen.

Trennung

Die Blumen blühen blasser
und duften nicht so hold,
der Mondschein auf dem Wasser
verlor sein strahlend Gold.

Die Vögel singen Trauer,
die Bäume rauschen bang,
des Abends kühle Schauer
verwehn am dunklen Hang.

Verwehn wie leise Klage,
die nicht zu stillen ist –
verwehn die müden Tage,
seit du nicht bei mir bist.

Frühe Sehnsucht

Immer wenn die Linden blühn
in des Jahres Lauf,
steigt mit ihrem süßen Duft
frühe Sehnsucht auf.

Strömt mein Herz in ihrem Sehnen
in des Himmels Raum,
träumt mein Herz in ihrer Stille
noch den alten Traum.

Klingt in ihrem Rauschen leise
Lied mir und Gebet,
das im Lindenduft erwachte
und mit ihm verweht.

Vorjahr

Den Winter dör hess du't nich spört,
Güngst still tofräden dine Weg,
Hess di an kinen Minschen kehrt
Un meendest, allens weer in Reeg.

Man nu wi sacht in'n Vorjahr sind,
Geist du vull Unrauh dine Strat.
Du kikst na Wulken un na Wind
Un kikst na all, de paarwies gaat.

Man nu de erste Kirschboom bleut,
Steist du un kannst nich satt di sehn
Un weess nich, wat din Hart so sleit
Un föhlst mit'n mal: Du büss alleen.

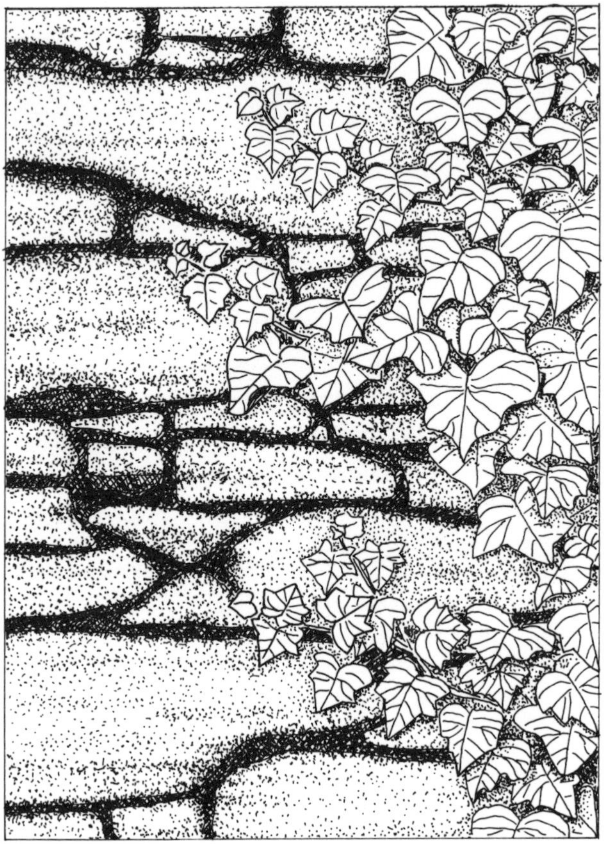

Umsponnen

Es ist so schön, umsponnen zu sein,
Umsponnen von lieben Gedanken,
Ganz wie ein Häuschen im Sonnenschein
Umgrünt ist von blühenden Ranken.

Man träumt so süß in den Sommer hinein
In rosendurchduftetem Haage
Und webt gar bunt sich im Sonnenschein
Die Fäden vergangener Tage.

Es ist wie ein Mantel, ein schützend Gewand,
Das wohlig und warm uns umhüllt,
Wenn von durchsonnter Stille gebannt
Der Born der Erinnerung quillt.

Nun ist der Frühling verblüht

Nun ist der Frühling lange schon verblüht.
Verduftet sind in warmen Sommerwinden
Schon die Akazien wie auch die Linden,
Und manche Rose ist im Laub verglüht.

Soll mir des Jahres schönste Zeit entschwinden
Und hält nicht eine Schale mir bereit:
O, nicht ein Glück! O, nicht ein Leid
Läßt sie den vollen Händen sich entwinden?

Bin ich wie andere nicht auch berufen
Und stehe wartend an dem Tor der Zeit?
Hinab mit müdem Schritt die dunklen Stufen?

Es ist der Frühling lange schon verblüht,
Und nicht ein Glück ward mir und nicht ein Leid —
Bald sind die letzten Rosen auch verglüht.

Laß mir die Stunden

Laß mir die Stunden, wo ich traurig bin,
wo ich vor dir, vielleicht von einem schroffen
und achtlos hingeworfenen Wort betroffen,
in Tränen stehe wie voll Kindersinn.

Dann geh ich wie nach einem Abschied hin
und wähne keinen Weg zu dir mehr offen
und will auch nicht mehr glauben, will nicht hoffen.
Laß mir die Stunden, wo ich traurig bin,

denn meine Wünsche sind nicht so bescheiden,
daß sie nur immer, gern beglückt und still,
den Schmerz verneinen und den Kummer meiden.

Ich habe Stunden, wo ich weinen will,
mein ganzes Herz mit weher Trauer füll,
und dennoch selig bin, an dir zu leiden.

Traum

Langsam glitt das Schiff ans Land.
Dunkle Rosen in der Hand
sahst du lächelnd zu mir her,
und mein Herz schlug freudeschwer,
schlug voll Glück und rief dich an —
rief mich wach, der Traum zerrann.

Wußte mich dann selber kaum.
Alle Liebe ist wie Traum,
Traum, uns lockend zugekehrt,
Traum, der unser Herz versehrt,
Traum, von aller Wirklichkeit
ach so weit — ach so weit.

Einmal wird es stiller werden

Einmal wird es stiller werden,
sich mein Herz zum Abend neigen,
wache Wünsche werden schweigen
und gelaßner die Gebärden.

Ruhvoll im Erinnerungsgarten
werd' ich wandern, nach den frühen
Veilchen sehn, ob Linden blühen —
und auf keine Schritte warten.

Doch dann werd' ich lauschend stehen,
einer Amsel süßes Singen
wird mich wunderlich durchdringen,
und ich werde aufwärts flehen:

Gib mir, Gott, nicht das Bescheiden,
gib die alte Sehnsucht wieder,
gib die Qual und gib die Lieder,
laß mich lieben, laß mich leiden.

Es steht ein Baum im weiten Feld

Es steht ein Baum im weiten Feld
Und breitet seine Äste.
Er steht im weiten Rund allein,
Und niemand will ihm Bruder sein,
Er steht weit an dem Rand der Welt,
Kaum Vögel sind ihm Gäste.

Es weht ein Wind aus Weiten her,
Geht suchend über die Erde
Wie einer, der nicht Heimat hat.
Er küßt die Blumen, kos't die Saat,
Er seufzt im Wald und wühlt im Meer,
Bis daß er müde werde.

Es steht ein Stern im tiefen Blau
Und zittert wie voll Leben.
Er strahlt sich in das All hinein
Und tauscht doch keinen Widerschein,
So wie die Augen einer Frau,
Die nie sich hingegeben.

Schmerz

Der in deinem reinsten Fühlen,
Schmerz, die Menschen du vertiefst,
Kannst auch wild das Herz zerwühlen,
Wenn du die Verbittrung riefst.

Wenn der Seele selbstlos Sehnen
Hohnvoll hart zertreten ist,
Tausend ungeweinter Tränen
Bittres Gift das Herz zerfrißt –

Schmerz, den je zu überwinden
Nur die Zeit vertröstend rinnt,
Laß auch mich die Tränen finden,
Die dem Leid Erlöser sind.

Einsamkeit

Kennt ihr der Einsamkeit Erschauern,
Das eiseskalt zum Herzen greift,
Wenn irrend unser Sehnen schweift
Haltlos und doch wie hinter Mauern?

Leicht fügt und bricht den Raum die Zeit,
Doch unter Menschen einsam sein,
Nie ohne sie und doch allein,
Das ist die tiefste Einsamkeit.

Herbst

Wenn ich seh des Herbstes blutend Rot
Und golden Gelb, wie alle Blätter trinken
Noch letzte Sonne und dann zögernd sinken,
Wie alles Leben ist und alles Tod. –

Und dann dran denke, wie ich's einst gesehn,
Mit dir durch all die bunten Wunder schreitend
Und allem Leben weit die Arme breitend –
O du, dann ist es schwer allein zu gehn.

Meine Seele bangt

Meine Seele bangt wie ein frierendes Kind,
Das abends mit bettelnden Händen
Steht weinend im eisigen Nebelwind
Und wartet auf gütige Spenden.

So harre auch ich, daß ein Glück mir rinnt
Aus strahlenden Lichterblenden
Und finde doch nur Laternen, die blind
Ihr Licht in die Gassen senden.

Warum nur wir Menschen so hilflos sind,
Ein wehes Schicksal zu wenden —
Meine Seele bangt wie ein frierendes Kind
Nach gütigen Mutterhänden.

Durch die langen kahlen Gassen

Durch die langen kahlen Gassen,
Wo ein hartes Schreiten klirrt
Und die Erde ganz vermauert,
Geh ich traurig, wie verirrt.

Denn mein Auge trank am Grünen
Gestern sich so selig voll
Und es trauert, daß es heute
Sich dem Grau gewöhnen soll.

Und mein Herz, das gestern schwelgte
In des Frühlings Überfluß,
Weint nun, daß es seine Blüten
Sich zertreten lassen muß.

Bange Nacht

Wenn dunkle Wolkenberge drohen
Dem letzten lichten Abendlohen,
Wenn die Natur in Schlummer sinkt
Und flügelleise Schwermut schwingt –

Wenn meines Herzens Sehnsuchtsqualen
Wehmütig düstre Bilder malen,
Der schwer erkämpfte Friede wankt
Und dich es zu verlieren bangt –

Das Abendgold erstirbt verdämmernd.
In selbstgeschaffnen Ängsten hämmernd
Durchbangt das Herz die lange Nacht,
Bis ihm der Hoffnungsmorgen tagt.

Wo ik her kam

Wo ik her kam
is dat Land so free un wiet,
wasst dat Gras un bleuht de Klee,
ruckt de Luft na Salt un See,
blänkert Water, ruschelt Reith,
jagt de Wulken, Wind de weiht —
wo ik her kam.

Jeden Dag

Jeden Dag tweemal leppt de Flot dar an,
awer't Watt un Butenland,
stigt an Diek un Oewerrand,
spöhlt un wöhlt um Pahl un Steg,
sackt denn sinnig wedder weg —
jeden Dag.

Mine Lüd

Mine Lüd
gaht ärn stillen, sturen Gang.
Wat se willt, dat fat se an,
holt är Wurt un staht ärn Mann.
Bloss wat är in'n Harten ligg
seggt se nich — seggt se nich,
mine Lüd.

Hohe alte Lindenbäume

Hohe alte Lindenbäume
Standen vor dem Vaterhaus,
Immer waren sie wie Freunde
Mir vertraut jahrein, jahraus.

Gütig wie mit Mutterhänden
Schützten sie das alte Dach,
Deckten es mit kühlem Schatten,
Schirmten es vor Wetterschlag.

Und aus ihnen schlug der Frühling
Mir sein erstes Tülihüt,
Und der Wind in ihren Zweigen
Sang sein schönstes Wipfellied.

Strömten sie ihr süßes Blühen
Stumm und sehnend in die Zeit,
Lieh mein Herz und meine Liebe
Worte ihrer Seligkeit.

Flügelmüde Sehnsucht legte
Mit dem Herbstlaub sich zur Ruh,
Jedem Leid und jeder Freude
Gaben sie den Urlaut zu.

Ol' Hinnerk

Ol' Hinnerk harr na'n Bett sik leggt.
„Mit mi is't ut", harr he bloß seggt,
„dat möt'k mi woll begeben."
De Paster keem un mak em Mot,
snack em von't Leben un von'n Dod,
von Engels un von'n Heben.

Ol' Hinnerk smeet sik up de Siet.
„De Heben, Paster, is so wiet
un is so hoch dar gunnen –
kamt Wulken up un düster Wär,
denn seh ik Hus un Hoff nich mehr,
lat't mi man leewer unnen.

Wenn ik den leewen Gott recht bä:
Min Seel, de findt woll hier er Stä,
kann allerwegens husen,
in'n Kasten von us olle Klock,
to Nacht flugt se dör't Ulenlock –
dar höft sik nums to grusen.

In'n Vorjahr, wenn't na'n Acker geiht,
min Söhn de plögt, ik hol dat Leit,
kann em de Pär andrieben.
Ik föhr de Hand em, wenn he seiht,
sus' in den Wind mit, wenn he meiht,
lat't mi bi Hus man blieben.

To Harfst, denn gift dat drocke Tied,
Kurn un Katuffeln sund so wiet
un ok de gälen Röben.
Allawerall min wannern Seel
deit hier woll noch un dar är Deel,
Herr Paster, könt Se glöben."

Ol' Hinnerk sweeg un mak sik lang.
Een apen Finsterflögel jank,
de Sunn schien dör de Ruten.
De Paster bög sik na em her:
Ol' Hinnerk weer dr all nich mehr,
de weer all hen na buten.

Een Küselwind gung dör de Böm.
De Paster seet noch lang un dröm,
gung väl em dör sin Sinnen.
Wo gaht wi hen? Wo kamt wi her?
Reckt nich us Heben bit na'e Eer,
wo schöllt wi em woll finnen?

Dunkler rauschen die Bäume

Dunkler rauschen die Bäume,
Weisen, von uralt bekannt,
Weicher wogen die Felder,
Schwingt sich des Stromes Rand,
Silberner trillert die Lerche
In meiner Väter Land.

Alles aus Kindheitstagen
Eigen in Duft und Laut,
Windschiefe Giebel und Türen
Wie ein Gesicht vertraut,
Torfruch und meerweite Ferne
Zarter und inniger blaut.

Fühlen in mir noch die Ahnen
Durch die Jahrhunderte her,
Trag ich ein Wissen im Blute
Ihrer Erinnerung schwer?
Seele, bist du nur immer
Fortgang und Wiederkehr?

Tod, ewiger Schlaf

Tod, ewiger Schlaf,
nimmst du einst mich hinweg
schweigende Nacht auf den Augen,
gönne mir noch den Traum.

Gönne den Traum mir, den oft
gab mir der Schlaf, der brüderlich
dir verwandte — in ihm
löste je ich mich ganz.

Traum von der Süße des Lebens,
Wiesen, Korn und dem Licht
über dem Strom, Rauschen
ragender Bäume im Wind.

Traum vom Zauber des Menschen,
den ich geliebt, zärtlich
zu ihm geneigt, selig
ruhend in Weichheit und Duft.

Dunkel und lang ist die Nacht.
Leg auf die Stirn mir, die müde,
gnädig den Traum, Bruder Tod,
ewig laß ihn mich träumen.

Nachwort

Diese Gedichte sind Ausdruck einer Freundschaft zweier Frauen, deren Gemeinsamkeit — so unterschiedlich ihre Herkunft, ihr Werdegang und der geistige Hintergrund ihres Elternhauses auch waren — in vieler Hinsicht eine lebensbestimmende Bedeutung für beide Frauen bekam.
Alma Rogge, 1894 in Rodenkirchen an der Weser als Tochter eines Großbauern geboren und für die bäuerliche Arbeit auf dem Hof vom Vater vorbestimmt, begegnet in einem Mädchenpensionat in Bad Kreuznach, das sie 1911 für ein Jahr besuchen darf, der gleichaltrigen Tochter des Professors Wilhelm Wisser aus Oldenburg. Es entwickelt sich sehr rasch eine tiefe Freundschaft zwischen diesen beiden jungen Mädchen. Alma Rogge erfährt eine für sie bisher völlig unbekannte geistige Welt, die ihrem Leben und Denken eine neue Richtung gibt. Es entstehen die ersten Gedichte, zarte, sehnsuchtsvolle, verzweifelte Liebesgedichte an eine bewunderte Freundin.
Die Begegnung mit dieser Freundin, Hanna Wisser, später Hanna Wisser-Thimig, weckt in Alma Rogge den Wunsch, sich aus der ihr vorgegebenen bäuerlichen Lebensform zu lösen. Sie holt gegen den Widerstand des Vaters das Abitur nach und studiert.

Professor Wisser, der ihre sprachliche Begabung erkennt, ermutigt und fördert sie. Ihm verdankt sie die Entscheidung zu literarischer Arbeit. Sie wird Journalistin an einer Bremer Tageszeitung und freie Schriftstellerin. Sie schreibt Bühnenstücke in ihrer besonders farbigen plattdeutschen Mundart, Novellen und Geschichten erscheinen, und viele reizvolle Anekdoten aus ihrer Heimat sind von ihr bekannt. Nur ihre Gedichte bleiben fast alle unveröffentlicht, obwohl sie wahrscheinlich zu den schönsten, verinnerlichtesten Arbeiten ihres Werkes gehören.
Die Freundschaft und Verbundenheit mit Hanna Wisser-Thimig dauerte ein Leben lang, bis zum Tode Alma Rogges am 27. Februar 1969.